아침 나라의 글자
한글

초판 1쇄 발행 2024년 12월 24일

지은이 최효진 | **발행인** 장명희 | **펴낸곳** 서울스위츠

주소 서울시 서초구 반포대로 7길 13 | **문의** seoulsweetsbooks@gmail.com

인스타그램 @seoulsweets_kr

제조국 대한민국

ISBN 979-11-990654-0-6

*잘못 만들어진 책은 바꾸어 드립니다.

글·그림 **최효진**

작가는 뉴욕 파슨스 디자인 스쿨에서 패션 디자인을 전공한 후
뉴욕과 서울에서 디자이너로 활동하며 감각적인 디자인 철학을 쌓아왔습니다.
오랜 디자인 커리어 동안 즐겨 사용한 콜라주 기법과 섬세한 공예가 정신을 바탕으로
독창적이고 따뜻한 일러스트를 창조해내고 있습니다.
첫 번째 그림책 "아침 나라의 글자 한글"은 국립한글박물관과 문화체육관광부가 주관한
한글 콘텐츠 아이디어 공모전에서 금상을 수상하며 그 가치를 인정받았습니다.
이 책은 아이들이 한글을 쉽고 즐겁게 배우며
한국 문화의 아름다움을 느끼기를 바라는 마음에서 탄생했습니다.

"우리나라 말이 중국과 달라 한자와는 서로 잘 통하지 아니한다.
이런 까닭으로 어리석은 백성들이 말하고자 하는 바가 있어도
마침내 제 뜻을 펴지 못하는 사람이 많다.
내가 이것을 가엾게 생각하여 새로 스물여덟 글자를 만드니,
모든 사람들로 하여금 쉽게 익혀서 날마다 쓰는 데
편하게 하고자 할 따름이니라."

-1446년 10월 9일 세종 28년-

아침 나라의 글자
한글

글·그림 최효진

햇볕이 따사로운 어느 봄날 눈을 뜨니,
아침 나라의 숲이 나를 깨우고 있었어요.

숲은 내게 할 말이 있는 듯, 들어오라고 손짓했어요.

풀잎이 바람에 사락거리는 소리

"어흥" 범의 울음 소리

탑의 돌이 또르르 굴러가는 소리

춤추는 무희들의 옷소매가 서로 사르륵 스치는 소리

세상의 소리로 이루어진 선율은 산을 넘고,

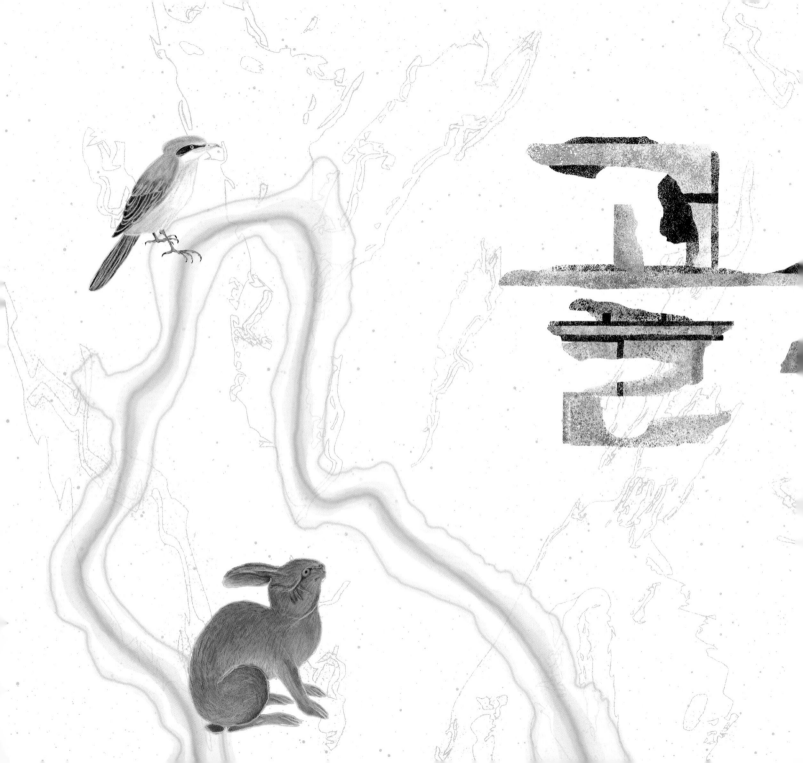

골짜기를 타고 울려 퍼지며,
강산을 음악으로 물들였단다.

이 세상 모든 노래, 속삭임, 메아리는 궁으로 모여

자음을 이루고,

하늘, 땅, 사람, 그리고 우주의 이치를 담은
모음을 만나 사람들에게 빛이 되었지.

별 헤는 밤에도

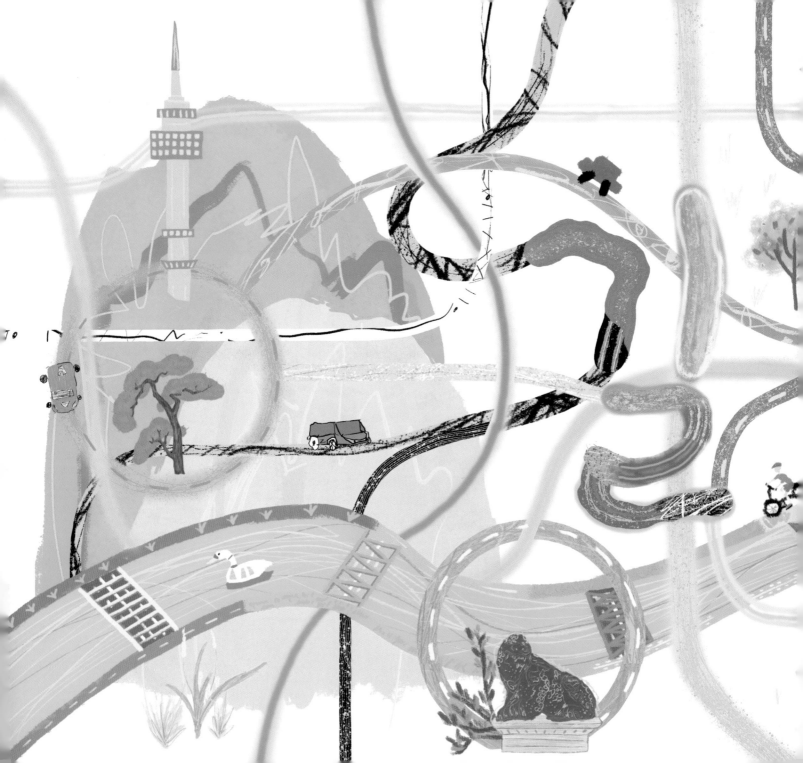

길을 잃고 헤맬 때도
우린 항상,
우리글을 가슴속에 간직했단다.

모든 담의 끝에는 문이 기다리고 있고,

우리의 계절은

언제나 찬란히 빛나기 때문이란다.

숨어있는 글자를 모두 찾았나요? 이제 주변에서도 한글을 찾아보세요.
한글은 우리 곁 어디에나 있답니다!

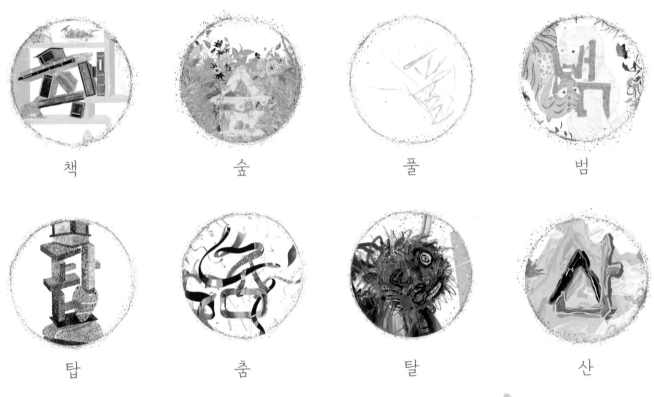

책   숲   풀   범

탑   춤   탈   산

골짜기

궁

빛

별

길

담

문

봄

여름

가을

겨울